C. Ketterling

The Werewolf Diaries

Paranormal

Werewolf Romance

New Adult

Kapitel 15:

Kayleigh – Jägermond

Erzählt von Alicia Schwarz

Copyright

Impressum

1. Auflage

Erstausgabe Dezember 2022 Berlin

Herausgeber:
C6?! Books vertreten durch Ingo-Stefan Schilling

Autorin, Urheberin: Corinna Ketterling

Covergestaltung: C6?! Books

Herstellung und Verlag:
C6?! Books
Ingo-Stefan Schilling
Stuttgarter Platz 21, 10627 Berlin

Besuchen Sie ***C6?! Books*** sowie

die Autorin ***Corinna Ketterling*** auch im Netz

http://www.c6books.de

Paranormaler Sexroman

Dark Romance

Werwolf Roman

mit expliziten Sexszenen

NEW ADULT

Dieser Roman wird ab Mai 2022 kapitelweise veröffentlicht. Du erhältst hier Kapitel fünfzehn, das ungefähr 28 Normseiten umfasst. Die Kapitel erscheinen alle zwei Wochen bei **Vollmond** aus **Kayleighs Sicht** und bei **Neumond** aus **Shays Sicht**. Voraussichtlich am Ende des Jahres 2022 wird das Buch als Sammelband erscheinen. Alles beginnt in einer magischen Nacht einer **totalen Mondfinsternis**, dem **Blutmond...**

Vorwort

♥ Wir bedanken uns **von Herzen** bei all unseren Leser*innen, die uns seit Mai 2022 jeden Monat zu **Vollmond** und **Neumond** lesen!! ♥ Und bei allen, die uns **sinnvolles Feedback gegeben haben!!** Manche von euch haben sich über zu hohe Preise beklagt. **Wir lieben diese Plattform,** die uns preislich aber leider nicht viel Spielraum lässt: Digital verkaufen wir zum **eBook-Mindestpreis.** Beim Druck nutzen wir **Digitaldruck on demand,** der im Vergleich zum Druck mit hohen Auflagen in der Herstellung sehr teuer ist. Wir wollten aber auch Leser*innen **ohne Zugang zu eBook-Readern** die Möglichkeit geben, beim **Event-Reading live** zu **Vollmond** und **Neumond** mitzumachen. Wenn ihr lieber am Stück lesen oder Geld sparen möchtet, wartet bitte einfach auf die **Anthologie**, die wie versprochen kommen wird! Noch ein Hinweis: Die **kursive Schrift** in dieser Geschichte drückt meist **Gedanken** aus, manchmal eine Betonung :). Zu guter Letzt erschien manchen von euch die **Handlung anfangs zu verwirrend**, daher hier nachträglich in Form dieses Vorwortes noch eine kleine Einführung! ♥

Kayleigh – Vollmond

Kayleigh ist ein 19-jähriges Mädchen aus einem Dorf in England – hätte sie noch eine Mutter, hätte diese ihr womöglich einen Rat gegeben, den viele Mütter ihren Töchtern geben: **„Bleib hübsch auf deinem Weg. Sprich nicht mit fremden Leuten und vor allem: Nimm dich in Acht vor dem Wolf!"** Dabei wissen wir alle, wofür **Wolf** heute steht: Es sind die Männer, die nur an ihr eigenes

Vergnügen denken oder die Gutmütigkeit von Frauen ausnutzen, die noch an die wahre Liebe glauben und danach suchen! Und ja: **Kayleigh ist misstrauisch!** Als der attraktive Shay Greenwood, ein Fußballtrainer Mitte zwanzig in ihrem Dorf auftaucht, sind Kay und ihre Freundin Layla sich sicher: ***Diesem Typen kann man nicht trauen, denn er ist ein Frauenheld und nicht seriös!*** Womit die beiden Mädchen nicht gerechnet haben: *Shay ist ein* ***Werwolf,*** *der eine ganz besondere Wirkung auf Menschen hat!* So kommt es, dass **Kayleigh sich Hals über Kopf in Shay verliebt, aber verbissen gegen ihre Gefühle ankämpft!!**

Shay – Neumond

Shay ist schon **seit langer Zeit ein Werwolf** – daher beginnt seine Geschichte auch vor der von Kayleigh.

In erster Linie erklärt Shay **sein Werwolfuniversum** und seine Sicht auf sein Leben. Dabei zeigt er sich nicht gerade von seiner sympathischsten Seite! **Shay ist in der Tat ein Frauenheld:** Die Frauen lieben ihn und er nutzt das schamlos aus! **Er ist der klassische Typ, den man als Frau nicht treffen möchte!** Triebgesteuert benutzt er Frauen nur zu seinem Vergnügen und ruft danach nie mehr an!! Obwohl es auch für ihn schon eine Frau in seinem Leben gab, die er liebte und um die er nun trauert.

Doch erst als Shay Kayleigh endlich kennenlernt, wird sein Leben auf den Kopf gestellt – bald ist er sich sicher, dass Kayleigh die Gefährtin ist, die das Schicksal für ihn bestimmt hat! **In seiner Nähe drohen nun allerdings auch ihr die schlimmsten Gefahren** – außerdem musste Shay bisher noch nie die Ansprüche einer festen Freundin erfüllen oder seine Triebe unterdrücken…

Wie wird sich also unser Held bei seiner Transformation vom Wolf zum Traumprinzen schlagen…?

Zwei Perspektiven

Die beiden Erzählperspektiven fließen ungefähr in der Mitte des Romans langsam zusammen. Obwohl die Handlung perspektivisch getrennt bleibt, spielen dann nicht mehr nur die Gefühle und das Teenagerleben in Blackwood eine Rolle. Denn **bald wird klar, dass in dem kleinen Dorf große Gefahren für die Liebenden lauern,** die jeder von beiden aus einer anderen Sicht erlebt…

Widmung

Wer mich bereits durch meine erotischen Kurzgeschichten kennt, weiß, dass ich Sex nie sonderlich blumig umschreibe. Von allen, die mich noch nicht gelesen haben, möchte ich die romantischsten unter euch warnen: Die hier beschriebenen Sexszenen könnten als Porn Sex definiert werden. Wer sich nur sinnliche Andeutungen wünscht, den könnte mein expliziter Erzählstil schockieren. Daher widme ich diesen Roman allen Werwölfen und Menschen, die cool genug sind, offen über Sex zu sprechen, die auch explizit darüber lesen möchten und auf der Suche nach erotischer Unterhaltung eine fantasievolle Rahmenhandlung zu schätzen wissen, denn die macht meiner Meinung nach den Unterschied zwischen Porn Sex und Erotik aus.

♥ *Noch ein Hinweis für meine ganz besonders zartbesaiteten Leser*innen: Diese Geschichte ist trotz einiger gewalttätiger Themen, wie sie dem Werwolf Genre entsprechen, romantisch und ohne allzu tief greifende Schockmomente. Also könntest du das Lesen vielleicht auch wagen, wenn du etwas sensibler bist, ohne Albträume zu riskieren. Und nun viel Spaß mit dem sexy Werwolf Shay und seiner hübschen Gefährtin Kayleigh!* ♥

Alicia

Kapitel 15: Kayleigh – Jägermond

Der Duft, der mich angelockt hat, muss oben auf den Ästen der Falle gewesen sein – ein Geruch, ein Trunk, eine magische Gewürzmischung vielleicht. Womöglich bewahrt mein Vater zwischen seinen vielen Büchern ein Rezept für ein solches Gebräu auf. Doch das Tintenschwarz, in das ich falle, weil ich langsam die Besinnung verliere, rührt von etwas anderem her, das hier am Boden liegt. Wurzeln, die den Boden dieses Erdloches, in dem ich nun kurzatmig liege, bedecken. Ihr Geruch ist scharf, düster, unangenehm und betäubend. Fast wie gelähmt fühle ich mich, als würden mir diese gewundenen, hässlichen Wurzeln die Energie aus dem Körper saugen, mich schwach und verletzlich machen, um mich bald ganz umzubringen.

Bevor mir schwarz vor Augen wird, versuche ich an Shay zu denken, doch noch während ich das tue, merke ich, das meine gedankliche Energie in dieser Grube festsitzt, wie meine Kraft und mein Wolfswesen. Langsam fallen meine Augen zu. *Das hier… ist nicht menschlich…*

Ich höre Stimmen. Da versuche ich, die Augen zu öffnen, doch es gelingt mir kaum, nur einen kleinen Spalt. Gerade geht die Sonne unter. Meine Augenlider sind schwer wie Blei, es kostet mich alle Muskelkraft, sie ein wenig zu öffnen. Neben mir sehe ich Beine, dann wird eine Decke über mich geworfen. Jemand hebt mich hoch, streckt mich in die Luft und jemand anderes greift mich.

„Ein *Mädchen*, wer hätte das gedacht."

Das ist der einzige Satz, den ich höre, dann wird mir wieder schwarz vor Augen. Ich habe ein leichtes Piksen gespürt – *vielleicht eine Spritze.* Doch diesen Gedanken kann ich kaum noch zu Ende denken, denn mein Kopf fällt zurück. Ich gleite in einen tiefen, traumlosen Schlaf.

Als ich aufwache, bin ich in einer Höhle. Sie ist klamm, kühl und riesig. Ein Mensch würde hier nicht viel sehen können, ich hingegen schon: Im Halbdunkel erspähe ich Gitterstäbe. Davor kann ich einen Mann erkennen, der auf einem Holzstuhl sitzt. Vor ihm steht ein kleiner Tisch mit einer Öllampe darauf. An einer Wand, etwas entfernt, steckt eine Fackel in einer Halterung, die ein flackerndes Licht abgibt. Ich selbst liege auf einem Lager aus Stroh, über mir ein dünnes Tuch. Als ich mich bewegen will, merke ich, dass ich mit einer dicken Kette am Fuß an die Wand gekettet bin.

Hier sieht es aus wie in einem Keller einer lächerlichen Dungeons & Dragons-Kulisse. Also, falls es neben Werwölfen nicht auch noch Zeitreiseportale geben sollte und ich zufällig im Mittelalter gelandet bin, ist dieser ganze Grottenkerker einfach nur ein alberner Ort, jemanden einzusperren – ein normaler Hauskeller hätte es ja wohl auch getan.

Mit einem Knurren ziehe ich die Decke fester um mich: *Ja, das merke ich auch gerade: Ich bin nackt – war klar.*

Das Einzige, an das ich mich von meiner Entführung noch erinnere, ist dieser Satz: *„Ein Mädchen, wer hätte das* *gedacht."* Hätten Wilderer diese Falle gestellt, wäre das wohl nicht ihr erster Kommentar gewesen, außerdem hätten sie unter Garantie weder einen Werwolfköder benutzt, noch etwas auf dem Boden ihrer Falle verteilt, das mich derart schwächt. *Das muss ein Werwolfgift gewesen sein – daher bin ich sicher, es mit Experten zu tun zu haben, wahrscheinlich mit meinesgleichen. Ja: Ich denke, meine Entführer sind Shays Todfeinde, die Todeswölfe.*

Missmutig schaue ich mich um. Zwar habe ich keine Ahnung, wie ich hierher gekommen bin oder wie lange ich geschlafen habe – *ich könnte rein theoretisch überall auf der Welt sein* – doch wenn ich mir diese Höhle so ansehe, erinnert sie mich verdammt an die *Cheddar Gore,* diese Tropfsteinhöhle, zu der wir mal einen Schulausflug gemacht haben. Bei der Führung erzählte man uns, anhand von Knochenfunden wisse man, dass die aus Spanien und Frankreich eingewanderten Bewohner dieser Höhlen Kannibalismus betrieben haben. Vor Urzeiten haben diese irren Höhlenbewohner hier angeblich bei Ritualen Blut aus menschlichen Schädeln getrunken – ich weiß noch, wie ich mit Layla darüber spekuliert habe, welcher Mensch, der bei Verstand ist, jemals so etwas tun würde.

Da haben wir's also: Keine Menschen, sondern verfluchte Todeswölfe – hätte ich mir ja auch denken können! Wer weiß, wie lange diese Biester hier schon hausen. Womöglich haben sie sogar damals meine Eltern hierher verschleppt – doch darüber kann ich jetzt wirklich nicht nachdenken.

Diese Höhlensysteme sollen riesig sein, weitgehend unerforscht, angeblich beherbergen sie das größte unterirdische Wassersystems Britains – *es ist das perfekte Versteck. So gesehen tatsächlich wesentlich besser als der Keller eines Hauses… Fein, aber ich muss hier raus!*

Verstohlen ziehe ich an der Kette, was der Mann, der mich ganz offensichtlich bewachen soll, hört, und ihn zu mir aufsehen lässt. Er hatte gerade in einer Zeitung gelesen, die er nun zur Seite legt.

„Halt still, Kleine. Du tust dir nur weh." Er klingt nicht sonderlich böse, auch nicht furchteinflößend, eher ein wenig müde. *Kein Wunder, er hat sicher den ödesten Job von allen.* Dass er mich *„Kleine"* nennt, klingt nicht anzüglich, eher… fast ein wenig mitleidsvoll. *In Anbetracht seines Alters könnte er mein Vater sein, fast mein Opa, wie der aussieht, also ist das, was ich da höre, wohl eher echte Sorge als eine Anmache… Das hoffe ich zumindest.*

„Wo bin ich hier?" Die anderen fünfzig Fragen, die ich ihm entgegenbrüllen will, während meine Augen vor Nervosität und Wut leuchten, verkneife ich mir mühsam, *denn ich habe vermutlich bessere Chancen auf eine Antwort, wenn ich erst mal mit einer Frage beginne…*

„Das ist nicht wichtig, Mädchen. Du wirst diesen Ort nie wieder verlassen. Also find dich damit ab. Je schneller du das tust, desto weniger wirst du leiden."

Ein lauter Knall lässt mich zusammenzucken – und den Mann ebenso.

„Halt deine verfluchte Klappe Ernest, du bist hier nicht für die Unterhaltung verantwortlich!"

„Jawohl! General!"

„Schließ auf! Und wenn ich drin bin, schließt du ab!"

Dieser Ernest springt auf und beeilt sich, wie geheißen die Tür zu meinem Höhlenkäfig zu öffnen. Denn was da eben vor seine Füße geknallt ist, war eine lange Lederpeitsche, *die er sicher nicht abbekommen möchte.*

Während Ernest mir absolut keine Angst gemacht hat, lässt dieser *General* all meine Alarmsysteme auf Hochtouren laufen: Meine Kehle schnürt sich zu, meine Hände kribbeln vor Angst, ich fühle das unwiderstehliche Bedürfnis, gegen die Käfigstäbe zu springen, oder zu versuchen, zu fliehen. Tatsächlich beginnt mein Körper auch die Verwandlung, ich kann es deutlich fühlen, *doch dann verpufft das Ganze irgendwie* – ich kann es nicht erklären: *Es klappt einfach nicht.*

Ich krieche so weit in die Ecke, wie es die Kette an meinem Fuß erlaubt, dabei ziehe ich die dünne Decke so gut über meinen nackten Körper, wie ich kann, denn *sehr groß* ist sie leider nicht. Dabei merke ich, wie ich zittere. Seit Ewigkeiten, vielleicht *noch nie* habe ich eine derartige Angst gespürt. Dieser *General* strahlt Macht aus, Gewalt, eine... unglaubliche... Bösartigkeit und vor allem – und das lässt mein Herz vor Furcht so schnell schlagen, dass ich kurz denke, ich muss mich übergeben – *sexuelle Lust.*

Ich nehme eine sadistische Ausstrahlung wahr, wie von diesen Leuten, die andere zum Spaß quälen, sie vielleicht zu vorgeblich lustigen, einvernehmlichen BDSM-Sessions nach Hause locken, um sie dort stattdessen festzubinden, zu vergewaltigen und zu ermorden. *Wie damals in Irland der gruselige Fall von dieser Elaine O'Hara – ich war erst 13, aber ich weiß noch genau, wie das durch die Medien ging... War sicher auch ein Werwolf, dieser Perverse...*

Gedankenflut. *Keine Neuigkeit für mich, das passiert mir immer, wenn ich nervös bin.*

Und ich weiß, was ich jetzt denke, ist absurd, vielleicht auch ein bisschen erbärmlich: *Aber ich wünschte, der General wäre ein Mann.* Nicht, dass ich lieber von einem Mann vergewaltigt werden würde, doch ich hätte die Hoffnung, dass ich einen Mann... vielleicht noch auf irgendeine Weise manipulieren könnte, mich gehen zu lassen.

Das hier hingegen ist eine eiskalte Bitch – das kann ich direkt riechen... Ihre Augen glimmen rötlich, als sie langsam auf mich zukommt. Sie bewegt sich geschmeidig, mit langen Schritten. Dabei verdecken ihre schwarzen Haare stellenweise ihre Brüste. Die Peitsche rollt sie gerade auf und befestigt sie an ihrem Gürtel, der aussieht, als wäre er aus einem elastischen Material – das ist auch ihr einziges Kleidungsstück, doch bei ihr wirkt das absurderweise, als sei es völlig normal.

Jetzt versteh ich auch, warum sie nackt ist, natürlich, das hier ist ihr home turf und sie will sich jederzeit verwandeln, weil sie eine verfluchte Alpha-Todeswölfin ist, die Blut aus menschlichen Schädeln trinkt!!

Jetzt grinst sie, dabei kommt sie noch näher, bis sie vor mir niederkniet, ein Bein vorgeschoben.

Sicher zur Stabilisierung, damit ich sie nicht umstoßen kann – sie ist bereit zum Sprung.

Während sie zum Sprechen ansetzt, streckt sie langsam, ihre Hand aus und legt sie sanft um mein Kinn. So biegt sie meinen Kopf ein Stückchen in den Nacken, damit sie mich besser ansehen kann, *dabei lächelt sie.*

Ihre Augen sind inzwischen braun geworden, sie leuchten nicht mehr rot. Alles in allem wirkt sie jetzt friedlich. Ihre Haut *duftet,* auch ihr Haar, das glatt und glänzend auf meiner Decke liegt, *so nah kniet sie vor mir.*

Als sie den Mund öffnet, ist ihre Stimme sanft, ganz leise. Ihre Lippen glänzen, ihre Zähne strahlen weiß.

Nutzlos zu sagen, dass sie die schönste Kreatur ist, die ich jemals gesehen habe – sie ist wie Shay Greenwood in Grün! Ich meine – in weiblich! So wie alle ihn begehrten, ihn umschwärmten und liebten… so löst auch sie diese Gefühle in mir aus.

„Es ist ganz leicht, mein Kätzchen. Du bist ein Juwel, ein Schatz und ein Heiligtum. Auf der ganzen Welt gibt es nur eine Handvoll wie dich. Und für dich heißt das, dass man dich immer hetzen wird, so wie *wir* dich gejagt und gefangen haben. Du brauchst Schutz. Ich werde dich anbeten, Kleine, und alles für dich tun. Dafür musst du mir nur ab und zu einen kleinen Gefallen erweisen. Das ist auch schon alles…"

Mein Gott, sie klingt wie Kaa die Schlange aus dem

Dschungelbuch! Ups – sie kriegt gerade diese nach unten gezogenen Augenbrauen, die Bitch kann meine Gedanken lesen, verdammt!!

Sie steht auf und blickt auf mich herab.

„Na ja. *Hätte mich auch gewundert.* Du bist eine Alpha. Für Klugheit wart ihr Alphas nie bekannt."

Moment mal, also ist sie gar keine Alpha? Was ist sie dann?

„Ich *hätte* dir deine Fragen beantwortet, Mädchen. Aber du wolltest es auf die harte Tour. Jeder muss wissen, wie er leben möchte. Man hat *immer* eine Wahl."

In einer langsamen Bewegung nimmt sie die Peitsche von ihrem Gürtel und lässt die lederne Peitschenschnur durch ihre Finger gleiten. Meine Kopfhaut kribbelt und mein Herz schlägt vor Angst bis in meine Zunge.

„Oder… glaubst du… du würdest deine Meinung noch… einmal *ändern?* Wir… könnten eine Tasse Tee trinken… und… uns *in Ruhe unterhalten…* Über das, was du für mich tun kannst und… vielleicht auch *tun möchtest…*"

Obwohl ich mich dagegen wehre, merke ich, wie mein Körper auf sie reagiert. *Es gibt tatsächlich einen Teil in mir, der sich von ihr manipulieren lassen würde.* Mir fällt wieder ein, dass in dem Werwolfbuch etwas von der Fähigkeit der Todeswölfe stand, die Wolf-DNA anderer Werwölfe zu überschreiben. *Das ist diesem Ernest womöglich auch passiert, meinem Wärter, weil er auf mich absolut nicht so durchtrieben wirkt, wie diese Hexe, die…* Ich mustere sie kurz abwesend… *verdammt hübsch ist und echt lecker riecht…*

Unwillkürlich fährt meine Zunge aus meinem Mund, um meine Lippen zu befeuchten.

Wieder grinst diese Frau mich an.

„*… außer*, dass du *mit mir schlafen willst…*"

Ruckartig senke ich den Kopf, dabei werde ich rot. Ich höre ihr Lachen. *Sie macht mich lächerlich.* Mein Körper reagiert auf sie, *aber ich weiß nicht mal so genau, wie Frauen überhaupt miteinander schlafen, ich meine…*

„Das würde ich dir schon zeigen, *Kayleigh*. Ja, *ich weiß, wer du bist,* ich weiß es sogar *sehr genau."* Sie macht eine bedeutungsschwangere Pause. „Und… du… *bist süß,* sehr sogar. Ich… würde sehr gerne deine Freundin werden, ehrlich. Aber an erster Stelle steht *unsere Mission* und unglücklicherweise sind… wir *im Krieg*. Wir brauchen neue Rekruten. *Langfristig* – und du wirst deinen Beitrag leisten, wie alle anderen auch."

Okay – also an diesem Punkt, denke ich doch, es wäre an der Zeit, konkrete Verhandlungen zu beginnen, denn es ist ganz offensichtlich, dass diese Bitch – die jetzt gerade wieder die Augenbrauen zu einem überaus finsteren Gesichtsausdruck zusammenzieht – *also… ähm… diese… Werwolflady,* deren Gedanken ich leider im Gegensatz zu ihr, bezogen auf mich, *nicht* lesen kann – *etwas von mir will.*

„Ja, das stimmt. *Ich will etwas von dir, Kayleigh.* Aber ich *nehme* Dinge und *frage nicht* danach. Daher hast du leider keine Verhandlungsbasis, Süße. Aber *netter Versuch."* Sie dreht sich um. „Nummer eins! *Bei Fuß!"*

Aus der Dunkelheit tritt ein schwarzer Wolf hervor.

Er schiebt sich geschmeidig durch die Gitterstäbe hindurch und setzt sich neben die Frau. Seine rosa Zunge hängt kurz aus seinem Maul, dann leckt er sich die Lippen und winselt leise. Da streckt sie beiläufig die Hand zu ihm aus, um seinen Kopf zu streicheln. Genießerisch schließt er darauf seine Augen.

„Mach *Platz."* Ihre Stimme ist kaum ein Flüstern, fast nicht zu hören, doch der Wolf kauert sich sofort auf den Boden neben sie – *er ist aufgeregt, das kann ich fühlen.*

Da kniet sie sich neben ihn und streichelt ihn, bis er sich auf den Rücken rollt und sie seinen Bauch krault. Dabei hebt er die Pfoten in die Luft und dreht den Kopf schräg in den Nacken, sodass ich seine Augen sehe, die rot leuchten, bevor er sie vor Lust zukneift.

Daraufhin lächelt die Werwolffrau. Plötzlich wirkt sie unbeschwert, fast sympathisch, mädchenhaft, sogar seltsam vertraut – *das muss der Zauber dieser Todeswölfe sein.*

„Ich hab ihn noch nicht so lange." Sie sagt es lächelnd, nahezu wie zur Entschuldigung. Dann steht sie auf.

„Also, Kayleigh, ich erkläre dir kurz deine Aufgabe in unserer kleinen... *Gemeinschaft.* Du wirst den Nachwuchs gebären, den wir brauchen. *Geborene* Werwölfe sind sehr, sehr selten, aber es sind die einzigen Soldaten, die man von klein auf so programmieren kann, dass sie bedingungslos loyal sind. Deine Nachkommen werden über Jahrhunderte die Herrschaft der *Death Wolfs* über Wölfe und Menschen anführen, denn du bist die einzige *Xi-Alpha,* die wir haben. Wenn du dich gut schlägst, wird es Belohnungen für dich geben und... *Erleichterungen.* Es wird dir sicher auch bald... *Spaß machen.* Also... du wolltest ja gerade sogar am liebsten schon *mit mir* ins Bett...", sie lacht anzüglich, „Ich schicke dir für den Anfang meine Lieblingsjungs – *die werden dir gefallen,* keine Sorge. Und Nummer eins: Denk dran, dass du dich nicht verwandelst. *Du weißt warum,* also sei brav." Der schwarze Wolf jault leise und ich starre sie an. Mein Gehirn ist leer.

„*Bei dir* hab ich da keine Sorge, Kätzchen, solange du hier bist, werde ich mich darum kümmern, dass du in deiner menschlichen Form bleibst, denn kleine Alpha-Wölfinnen können leider nicht schwanger werden. Nur ist es so, dass die *Männer in Wolfsform* schon *eher Werwölfe zeugen* als unverwandelte Typen. Aber was soll's, du wirst dich daran gewöhnen. Schließlich gibt es Hunderte Frauen, die freiwillig mit ihren Schäferhunden schlafen, also..." Sie zuckt die Achseln, dreht sich um und verwandelt sich in einen Wolf mit schwarzbraunem Fell. Dann schlängelt sie sich durch die Gitterstäbe, nur die Peitsche bleibt kurz hängen, doch diese rutscht dann auch schnell durchs Gitter, sodass die Wölfin ungehindert davontapst.

Zuvor hat sie wohl noch Ernest einen Blick zugeworfen, denn mein Wächter steht auf und geht ebenfalls fort.

Offensichtlich soll er bei dieser Sache nicht zuschauen.

Diese Sache: Eine Wolfsvergewaltigung, denn freiwillig werde ich mit diesem Tier keinen Sex haben, ganz sicher nicht, dann soll er mich halt zerfleischen.

Der schwarze Wolf steht hechelnd vor mir. Ich sitze mit meiner Decke in der Ecke des Kerkers. Es ist stockduster, weil Ernest die Fackel mitgenommen hat. Aber ich sehe den Wolf trotzdem. Ich *rieche* ihn auch.

Sein Geruch stößt mich nicht ab, *er riecht gut*. Das muss ich zugeben. Aber ich denke, *wahrscheinlich ist das einfach der Trick: Dass eben alle Werwölfe gut riechen. Das ist ihre Art, wie sie ihre Feinde überlisten und ihr Rudel aufbauen.*

Ich schaue ihn an und versuche, seine Gedanken zu erraten. *Er ist jetzt verwandelt, okay, aber er ist auch ein Mensch. Er ist das Pet von dieser fiesen Hexe und er sieht jung aus – vielleicht ist er ein netter Kerl, den sie manipuliert hat.*

Sicherlich wird er unerfahrener sein, als diese Frau.

Dieser junge Wolf hat einen Spieltrieb, den ich womöglich ausnutzen kann. Und wenn ich in meiner menschlichen Form verletzlich bin, kann dieser Wolf nicht alles machen, was er will, denn falls er mich tötet, ist es aus mit dem Plan seiner Bitch.

Da mir nichts Besseres einfällt, knurre ich ihn an, bevor ich zische: „Ich werde *niemals* mit einem Tier Sex haben, das kannst du vergessen, lieber lasse ich mich von dir totbeißen!“

Er legt den Kopf schief und jault ganz leise. Dann kommt er zu mir und schnappt mit den Zähnen die Decke, die er rasch wegzieht. Ich bin zu überrascht, um rechtzeitig zu reagieren. *Er ist geschickt, sicher ist er schon länger ein Werwolf, als ich es war.*

Nun bin ich nackt, schutzlos, und er steht hechelnd vor mir, mit tropfender Zunge. Kurz sitze ich zusammengekauert da, meine Arme umschlingen fest meine angewinkelten Beine, doch plötzlich denke ich: *Nein! Ich werde kämpfen!*

Also stehe ich auf und trete nach dem großen Tier.

Doch ich weiß nicht, was ich mir erhofft hatte – *das hier ist ein Werwolf. Für ihn sind meine Versuche, mich zu verteidigen, nur lächerlich.* Er ist tausend Mal stärker, unendlich viel schneller. Ich liege so fix unter ihm, dass ich nicht weiß, wie mir geschieht. *Und dieses Biest ist verdammt schwer. Es fühlt sich an wie hundert Kilo* – er ist riesig, ein muskulöses, starkes Tier. Ich kann mich unmöglich befreien. Er hat seine Vorderpfoten auf meine Unterarme gestemmt, sodass ich seine Krallen spüre. Sein Unterkörper liegt bereits zwischen meinen Beinen und ich spüre sogar schon, wie mich etwas Hartes drückt, *von dem ich Angst habe, dass es tatsächlich sein Penis ist.*

Kurz hoffe ich, ich würde aus diesem Albtraum erwachen – dieses hechelnde, haarige Monster auf mir… mit seinem heißen Atem und den rot glühenden Augen… *Wahrscheinlich kann er wirklich in mich eindringen wie ein Mensch…* Für einen Moment wird mir übel und dann passiert etwas, von dem ich nicht genau sagen kann, was es ist. *Es fühlt sich an, als ob ich auseinanderfalle. Innerlich.*

Als meine Eltern verschwanden, war mein Leben zu Ende. *Aber ich habe es ignoriert und irgendwie weitergemacht.*

Ich erlebte die ersten gescheiterten Beziehungen, enttäuschte Liebe – *ich habe mich nicht unterkriegen lassen.*

Dann kam Shay, ließ mich meine Menschlichkeit verlieren und manipulierte mich, bis ich mein Herz für ihn öffnete. Doch kaum vertraute ich ihm, verließ er mich, ohne mir zu sagen, ob er lebt. *Und ich machte einfach weiter.*

Dann belog Shay mich, er enttäuschte mich, schlief mit meiner Tante. *Und ich machte weiter*. Ich gab nicht auf, *nie. Ich hörte nie auf, zu kämpfen,* verlor nie meinem Glauben an mich, an meine Zukunft, *an mein Leben.* Ich habe immer, immer gekämpft und auf bessere Zeiten gehofft.

Doch nun zerbreche ich. Ich fühle es. Es ist das Ende.

Ich hole tief Luft. Dazu atme ich den Atem des Wolfes über mir ein, weil seine Schnauze so dicht vor mir lauert, dass ich nicht anders kann. Meine Lungen füllen sich mit diesem Wolfsgeruch und der muffigen Höhlenluft.

Und dann schreie ich. Ich schreie, so laut ich kann.

Es ist ein unmenschlicher Schrei, *ein Todesschrei.*

Ich werde lieber sterben, als *das* zu erleben. Und wenn ich einfach daran verende, dass ich es beschließe, indem ich meinem Herz befehle, nicht mehr zu schlagen.

Mein Schrei geht in ein Schluchzen über, das so verzweifelt ist, wie an dem Tag, als meine Mama plötzlich weg war.

Da lässt der Wolf mich los.

Er ist ein Tier. Aber er hat ein Herz.

Ich drehe mich rasch auf den Bauch und weine in meine Hände, die ich vor mein Gesicht halte.

Da plötzlich fühle ich etwas Warmes. Eine Hand. Keine Pfote, kein Fell mehr. Dann eine leise Stimme.

„Kayleigh…" Finger streicheln sanft mein Haar.

Diese Stimme kenne ich.

Schniefend drehe ich mich zu ihm um. Ich sehe das grüne Leuchten seiner Augen. *Es ist Adrik.*

Er zieht schützend die Decke über meinen nackten Körper. Unter mir pikst das Stroh. *Unglaublich, dass die hier Stroh hingestreut hat! Wohl um zu verdeutlichen, dass das ein Stall ist und ich ein Tier… Keine Ahnung, blöde Kuh, echt.*

Meine Angst ist durch Adrik verschwunden. Plötzlich fühle ich mich sicher – *ich habe einen Verbündeten, und zwar die Nummer eins von der krassen General-Werwolfbitch, also sollte es ein Kinderspiel sein, lebend und ohne Werwolfbabys im Bauch aus dieser vermaledeiten Höhle wieder rauskommen…*

„Du *hilfst mir doch,* oder? Du lässt mich nicht im Stich?“, meine Stimme zittert, dann überschlägt sie sich vor Aufregung: „Wie… bist du denn nur in diese Sache hineingeraten? Weißt du nichts über die Todeswölfe? Das sind keine netten Leute, weißt du?“

Ohne zu antworten, legt Adrik seine Hand an meine Wange, sodass ich sie benutze, um darin Trost zu suchen. Dabei schaut er mich an. Dann öffnet er mir seinen Geist.

Und ich finde, das ist eine ziemlich coole Fähigkeit, die ich auch gerne beherrschen würde. Nicht, dass ich ihm besonders dankbar wäre, denn er hat derart verkackt, dass er sich schon mehr einfallen lassen muss als nur das… Doch die Verbindung mit ihm ist jetzt zu intensiv, als dass ich sie unterbrechen könnte, selbst wenn ich wollte.

Wie gebannt teile ich seine Erinnerungen, die er mir zeigen will. Zuerst sehe ich uns im Auto, und dann höre ich wieder, wie Adrik sagt, dass er auf *diese harten Bitches* steht, wie er es ausdrückte. Da hatte er schon eine ganze Weile online mit der General-Werwölfin gechattet. Sie hatte ihm die ersten Nacktfotos von sich geschickt, ihm ihre erotischen Fantasien erzählt…

Ja, ich hatte das genauso verstanden, was er bei unserem Ausflug nach Dover gesagt hatte: Dass er so… Domina-Frauentypen heiß findet… Ich hatte jetzt natürlich nicht gedacht, dass er ein Werwolf ist und auf dominante Wolfbitches steht…

Wie hätte ich das auch ahnen sollen?

Dumpf spüre ich, dass ich unter Adriks Bann stehe. Es fühlt sich an, wie eine Art Hypnose, wie ein Zauber, wie bei Layla damals, als sie wie hypnotisiert mit Shay mitging. Mein Verstand scheint getrübt, mir ist es nur noch wichtig, mich mit Adrik auszusprechen, alles zu beseitigen, was zwischen uns steht, wie in einer Art Traum oder bei einem Liebeszauber aus einem Märchen.

Nur ganz hinten, versteckt in meinem Kopf, gibt es eine Stimme, die von diesem Todeswolfbann unbeeindruckt ruft: *Ich will hier weg! Tu doch was! Ich will zu Shay! Lass dich nicht einlullen, Kayleigh! Wach auf und lass dir was einfallen!!* Aber ich höre sie kaum…

Adrik lässt mich seine Sehnsucht fühlen, seinen Hunger auf Sex, *seine… Einsamkeit.* Die Gewissheit, dass er *durchdreht,* wenn es nicht jemand gibt, der ihn zähmt, so, wie Layla das konnte. Kurz muss ich ein wenig grinsen.

Ja, es stimmt; Layla kann echt streng sein – ich bin auch immer etwas vorsichtig, mit dem, was ich sage. Sie ist superdiszipliniert und lässt Adrik nichts durchgehen.

Sie war sein Nordstern. Er richtete seine Navigation nach ihr aus, und ohne sie war er verloren. Oder vielleicht hätte auch *ich* es sein können: *Diese Person, die ihn rettet, leitet und zähmt. Aber… ich hatte ja Shay.*

Ich sehe Bilder von ihm und dieser Werwölfin, von dem intensiven Sex, bei dem er endlich ein Wolf sein konnte: *seine wahre Natur.* Ich fühle, *was er fühlte,* höre, *was sie ihm versprach,* wie sie ihn lockte, umgarnte…

Jetzt kapier ich auch endlich, warum meine Augen grün geleuchtet haben: Adrik hatte mich infiziert! Nur, dass er mich nicht überschreiben konnte, sonst wäre ich so geblieben wie er: ein *Stem Wolf,* ein wenig wilder, aggressiver und mit anderen Fähigkeiten. Shay hat mein *Blutgen* aktiviert, aber er hat nicht versucht, mich zu überschreiben. *Blutwölfe machen das nicht; er hat mir erlaubt, ich selbst zu bleiben.* Ich seufze. *Wenn ich an Shay denke, schmerzt mein Herz.*

„Denk nicht an ihn…", flüstert Adrik.

O Gott, er kann meine Gedanken lesen – womöglich konnte er das schon immer.

Er nickt. „Na ja, früher konnte ich es noch nicht…"

Wusstest du etwa, dass diese Todeswölfin Jagd auf mich machte? Dass sie versuchte, mich einzufangen?

Aus Angst vor der Antwort wagte ich nicht, es laut auszusprechen, doch er beantwortet meine nur in Gedanken gestellte Frage wieder mit Bildern und Gefühlen.

Er hat ein schlechtes Gewissen, weil er ihr etwas über mich erzählt hat, aber er tat es ohne böse Absichten. Er hatte sie nicht durchschaut und wusste nichts von ihren auf mich bezogenen Plänen. Er war erschrocken, mich hier zu sehen, sehr sogar. Und er wusste auch nicht, dass ich Wolfgene habe oder schon eine Wölfin war, aber er ahnte es. Diese Fallen stellen die Jäger der Todeswölfe jedes Jahr rituell am Sommerende auf, um Werwölfe und Betas zu fangen, was erklärt, warum hier ständig Leute verschwinden. Im Herbst ist traditionell Jagdzeit und auch… Paarungszeit…

„Wollte die *echt,* dass du mit mir jetzt *Werwolfbabys* zeugst?" Ungläubig starre ich ihn an.

„Sieht wohl so aus." Er reibt sich den Nacken.

Mein Mund steht offen.

„Und du durftest dich nicht in einen Menschen verwandeln, weil…? Es dann nicht klappt?"

Adrik zieht mich in seine Arme. „Ja, deshalb. Und auch, weil sie nicht wollte, dass du mich erkennst. Ich fürchte, sie wollte… mir *diesen Wunsch* erfüllen… Ich hatte so von dir geschwärmt… Am Anfang… haben wir uns viel unterhalten, bevor… diese Affäre begann. Wie Freunde eben. Ich war *so allein…* Da wollte sie wohl…", nun räuspert er sich, „Ich fürchte, du solltest eine Art… *Geschenk* an mich sein. Ist es nicht immer so, dass man Leute mit ihren Träumen fängt, mit ihren Wünschen?" Während er spricht, streichelt er sanft mein Haar.

„Du hattest *den Traum,* als *Wolf* mit mir *zu schlafen?"* Ich klinge absolut ungläubig, wie mir auffällt; das *bin* ich auch. *Shay hat gesagt, er hatte noch nie als Wolf mit einer Frau Sex und offen gestanden, klingt die Vorstellung für mich auch etwas… merkwürdig. Also, als Mann davon zu träumen, weil die Frau das sicher nicht so toll finden wird, ich meine…*

Adrik lächelt sanft, dann umarmt er mich noch fester. Ich genieße diese Nähe, seine Wärme, unbeschreiblich. Das Adrenalin ist noch da, auch wenn ich mich nicht verwandeln kann, weil diese Leute mir wohl irgendeinen *Wolfblocker* gespritzt haben, bin ich im *Fight-or-Flight-Modus, aufgeputscht,* daher reagiert mein Körper extrem auf Adriks Nähe… *auf seinen Geruch…* seinen Körper, *so dicht neben meinem.* Seine große Hand streichelt meine Wange.

„Ich habe davon geträumt, dich zu besitzen, mit dir Liebe zu machen. Seit ich dich das erste Mal sah. Ich hab gespürt, dass du bist wie ich, schätze ich. Ich wollte dich, aber nicht, weil ich glaubte, du seist ein Wolf. Ich wollte einfach *dich,* Kayleigh."

„Aber – was ist mit Layla?"

„Am Anfang war ich mir nicht so sicher. Lach jetzt nicht, aber sie hat mir ein bisschen Angst gemacht. Erst als du… so arschig warst, hab ich die Hoffnung aufgegeben, und… mich in Layla verliebt."

„Hast du denn nicht *gemerkt,* dass ich auf dich stehe?"

„Zu Anfang nicht. Ich… war da noch nicht so gut wie jetzt im Gedankenlesen. Hab viel gelernt in letzter Zeit.

Jedenfalls... haben... sich meine Gefühle für dich nicht geändert. Und ich... Ich weiß, dass du mich... dass du mich begehrst. Du bist verrückt nach mir. Und mit Layla ist es aus. Außerdem... hat Shay... dir nichts zu bieten."

Ich schließe die Augen und seufze. Dabei sehe ich Shay nackt in Annes Bett. *Also... es ist wahr, Leute ändern sich nicht. Es ist Zeitverschwendung, zu versuchen, jemanden zu ändern. Shay ist... ein Tier. Er ist absolut triebgesteuert. Er wird mir niemals das geben können, was ich brauche. Er wird mir das Herz brechen und ehrlich gesagt, hab ich so jemanden nicht nötig...* Sind das überhaupt *meine* Gedanken?

Vielleicht denkt das nur ein kleiner Teil von mir.

Meine Wölfin liebt ihn abgöttisch und will ihn zurück! Ich bin total verwirrt, mein Kopf schmerzt. Durch Adriks Nähe, vielleicht durch sein Wolfsvirus, fühle ich mich durcheinander, manipuliert, als sei ich nicht ich selbst.

Außerdem frage ich mich, was mit mir nicht stimmt: *Ich bin in einem Käfig eingesperrt, ein Entführungsopfer* – mit einem recht coolen Schulfreund von mir, auf den ich mal stand, zugeben – *aber: was zu Hölle?? Sollte ich nicht an Flucht denken?* Auf der anderen Seite der Skala des Flirts mit dem sexy Stem Werwolf hier steht eine Werwolfvergewaltigung in Endlosschleife – und dann noch dauerhafte Schwangerschaft! *Hallo?? Wie widerlich ist diese Aussicht?? Ich sollte mal langsam die Reste meines Hirns aktivieren und überlegen, wie ich hier rauskomme!*

„Ich... stand immer auf dich, Kayleigh... *immer...*"

Im nächsten Augenblick fühle ich seine Zunge in meinem Mund. *Gott, er macht mich so verdammt geil. Es ist sein Speichel, der meinen Verstand ausschaltet.* Ich kann an nichts denken, außer an seinen muskulösen Körper. *Und dieses Mal scheint mein Organismus schwächer in seiner Abwehr zu sein, vielleicht, weil sein Virus mein System schon kennt...*

Schüchtern streichle ich Adriks Haar. *Er riecht so*

verdammt gut. „Aber… du… du hast doch jetzt diese… diese superböse… äh… Todeswolfbitch und…"

Adrik lacht leise. „Diana? Mein Gott, Kayleigh, du bist *so süß*. Mit der, das ist nur Sex, keine Liebe. Ich war echt total in Layla verliebt… aber… anfangs war es vor allem… ihr Commitment, das ich liebte. Sie… wollte mich mit ihrer ganzen Seele. Ich hatte mich vorher nie so begehrt gefühlt, so erwünscht und geliebt. Aber… Ich weiß nicht, als ich dich auf der Klippe geküsst habe… also… das hat für mich einfach alles verändert. Und okay, ich konnte es nicht handeln und bin danach aus Geilheit zu… na zu dieser Bitch gerannt. Aber… ach, keine Ahnung. Es war aufregend für mich, das schon… es fühlt sich krass an mit ihr, so… *echt.* Der Sex mit ihr ist…", er schluckt, „es war unglaublich für mich. Aber… ich fühle auch genau, dass ich ihr nichts bedeute, gar nichts. Und ich empfinde keine Liebe für sie, nur Lust und eine Art… Zugehörigkeit und… irgendwie dieses Verlangen… fast wie eine Sucht nach ihr… Vielleicht, weil sie ein Wolf ist wie ich."

Nun streichle ich sanft seine Wange. „Sie manipuliert dich, Adrik. *Hör doch mal, was sie sagt!* Was ihre Ziele sind und das alles. Diese Leute sind krank, die wollen die *Weltherrschaft* und alle anderen versklaven. Die sind wie *Hitler*. Ich meine, willst du etwa sein, wie Hitler? *Das… passt doch gar nicht zu dir!* Du bist für die Frauenquote und…"

Während ich seinen Duft einatme, versinke ich in seinen Augen. Ich höre auf, zu sprechen, und spüre, dass wir beide die Kontrolle verlieren. Das ist der Moment, wo unsere Wölfe uns übernehmen. Zwar verwandeln wir uns nicht, aber wir können uns unserem Sextrieb, der uns körperlich vereinigen will, nicht mehr entziehen. Es ist absurd, irrational und unpassend. Und ich wünschte, es würde nicht geschehen. Aber Adriks Wirkung auf mich ist überirdisch. Ich kann ihm nicht widerstehen, nicht an Sicherheit denken, an meine Flucht oder an meine Zukunft, sondern nur an den Sex mit ihm. Ich bin ein Wolf gefangen im Körper eines Mädchens – *ich kann meine Triebe nicht kontrollieren, absolut nicht, sorry.*

Adrik liegt schon über mir, seine Augen leuchten grün, nicht mehr rot. *Vielleicht habe ich ihn zurückgeholt…*

„Du holst mich hier raus, oder?" *Ein Teil meines Verstandes funktioniert noch, ja…* Und ich weiß nicht, ob das, was ich jetzt tun werde, der Preis für meine Freiheit ist, oder ob er mir auch so geholfen hätte. *Immerhin muss er sich gegen die Anführerin der Todeswölfe stellen, um mich zu retten, und leicht wird ihm das unter Garantie nicht fallen.*

„Ich… helfe dir, Kleine. *Wenn du dich zu mir bekennst.*"

„Aber ich…" *Shay hat mich… er hat mich verarscht!*

Aber trotzdem kann ich meine Gefühle für ihn nicht einfach ausradieren. *Ich hasse ihn gerade, aber ich liebe ihn genauso, das ist eben so, was soll ich dagegen machen?*

„Schlaf einfach mit mir, Kayleigh, *bitte.* Lass mich dein Mann sein und alles andere wird sich finden…"

Ich nicke zwar, *doch es ist nicht so, als ob ich noch viele Auswahlmöglichkeiten hätte, denn ich liege mit grün leuchtenden Augen hechelnd unter ihm und er nimmt schon sein Glied in die Hand, um in mich einzudringen.*

„Sag mir, *dass du mich liebst,* Kayleigh… sag es mir…"

O verdammt, ich wollte ihn wirklich so sehr. Über eine verdammt lange Zeit. Und ich habe nicht vor, Shay zu verzeihen, dass er ausgerechnet meine Tante flachlegen musste.

Ich werde Shay verlassen, falls ich hier rauskomme und ihn je wiedersehen sollte. Aber mein Herz spricht eine eindeutige Sprache: *Ich liebe Shay.*

Ich kann die drei Worte nicht zu Adrik sagen, nicht einmal jetzt, in einer Notlage und mit aller… animalischer Geilheit, die ich spüre.

Gerade denke ich: *Fick mich doch einfach, Adrik! Red nicht!* Doch da sehe ich Shays Gesicht. Die drei gebogenen Falten auf seiner Stirn. Mir kommt in den Sinn, wie selbstlos er mit mir geschlafen hat, auf mich geachtet hat. Er hat mich nie zu etwas gedrängt oder überredet. Er hat seinen Wolf im Zaum gehalten *und jetzt verstehe ich endlich, wie verdammt schwer das ist.* Shay hat mir gezeigt, wie man einen anderen Menschen körperlich liebt, ihn glücklich macht, sich vereint… wie man miteinander verschmilzt.

Auch falls ich das nie wieder erleben sollte, werde ich das nicht verleugnen. Ich werde notfalls für den Rest meines Lebens von einem Wolf träumen, der ist *wie Shay,* nur, dass er es *ernst meint.* Schicksalhafte Liebe, solange die Sterne am Himmel stehen – *all das, was Shay mir versprochen hat. Das will ich – nicht mehr und nicht weniger.*

„Adrik, ich *kann nicht…"*

Er küsst gerade meinen Hals und will dabei in mich eindringen, doch ich winde mich unter ihm, um zu versuchen, mich ihm zu entziehen.

„Du *kannst,* Baby, ganz sicher, vertrau mir, du wirst es lieben…", flüstert er. Seine Augen glimmen wieder rötlich. *Diese Diana hat ihn vergiftet, er ist nicht er selbst und ich hab keine Ahnung, ob er sich gegen sie stellen wird.*

Doch als ich das noch denke, zieht er meine Hand zwischen unseren Körpern fort, mit der ich versuche, sein Glied festzuhalten, *weil ich jetzt bei aller Wolfslust nicht mit ihm schlafen will. Vielleicht wird es eine Zeit für uns geben, aber jetzt hier so – nein, das will ich nicht.*

Plötzlich zuckt Adrik zusammen und bäumt sich auf. Der Schrei, den er dabei ausstößt, ist markerschütternd.

„Was hab ich dir gesagt, *du dummer Junge?"*

Da ist sie wieder: die Generalin mit ihrer Peitsche. Und der Geruch von Adriks Blut in meiner Nase.

„Du bist *unbrauchbar,* Adrik, und benimmst dich wie

ein Kind! In einer Stunde komme ich zurück, dann reden wir über deine Strafe und wie du das wieder gutmachen kannst. Bis dahin denkst du darüber nach, auf welcher Seite du stehst, du Dummkopf!"

Grazil schreitet die Verkörperung des Bösen mit ihrer Peitsche davon. Adrik hat sich stöhnend von mir gehievt, sodass er jetzt neben mir auf dem Bauch liegt. Sein Rücken ist der Länge nach einige Zentimeter tief aufgeschnitten und blutet wie verrückt.

„Verwandle dich schnell, dann heilst du!" Die feuchten Wände der Höhle werfen den verzweifelten Ton meiner Stimme zurück. *Es sieht wohl so aus, als ob ich Adriks Einfluss auf die Generalin überschätzt hätte. Sie wird einfach uns beide einsperren…*

„Das… geht nicht Kay. Das ist… keine normale Peitsche." Er spricht langsam, mühevoll formt er jedes Wort. *Seine Schmerzen müssen unermesslich stark sein.* „Damit bestraft sie ihresgleichen. Die Wunde heilt erst, wenn *sie es zulässt.* Sie kann mich mit der Peitsche umbringen. Die Schnur ist vergiftet und ich kann mich nicht verwandeln, solange das Gift wirkt. Es ist… ein Foltermittel."

Nackt kauere ich neben ihm, meine Gedanken überschlagen sich. *Ich fühle mich so verdammt hilflos. Was würde Shay jetzt wohl tun? Ob Adrik mich zu einem Wolf gemacht hätte, wenn ich ihn je geküsst hätte, bevor ich Shay küsste? Es scheint in Blackwood von Werwölfen nur so zu wimmeln – wahrscheinlich wäre es mir ohnehin irgendwann passiert…*

Ich fühle mich so trostlos, dass ich neben Adrik schluchze, dabei beuge ich mich über ihn und schaue auf die grausige Wunde und das viele Blut. „Was, wenn du verblutest?", stoße ich weinend hervor.

Adrik stöhnt, bevor er spricht – *er wird schon blasser und scheint geschwächt.* „Im Bett… *bin ich nicht so übel…* ich denke schon, sie wird es nicht so weit kommen lassen…"

Er grinst schräg, allerdings nur angedeutet, seine Schmerzen sind wohl zu groß.

Inzwischen weine ich so heftig, dass meine Tränen auf Adriks Rücken fallen, als ich besorgt auf seine Wunde starre und da passiert etwas sehr Sonderbares: Es zischt, ein wenig Dampf steigt auf und ein Stück der Wunde schließt sich wie durch Magie.

„O Kayleigh, was hast du gemacht?“ Adrik klingt sofort anders, überrascht und… milder. „Es tut nicht mehr so weh. Dieses teuflische Brennen… es lässt nach…“

In dem Buch stand, ich kann meine Artgenossen heilen, wenn ich mit bestimmten anderen Wolfviren infiziert bin, jetzt weiß ich es wieder! Offensichtlich gehört Adriks DNA dazu! Oder es ist die DNA von Shay – keine Ahnung…

Rasch lecke ich meinen Daumen an und streiche vorsichtig über die Wunde, die sofort auch an dieser Stelle kleiner wird. Außerdem leuchten Adriks Augen leicht golden, als er mich anschaut.

„Baby, das tut so verdammt gut, bitte hör nicht auf…“

Selbst die Blutung ist gestoppt. *Mein Heilmittel scheint sich in seinem Körper zu verbreiten.* Instinktiv verspüre ich den Wunsch, an seiner Wunde entlangzulecken, doch als ich mich herabbeuge, stößt Adrik stöhnend hervor: „Mach das lieber nicht, Kay, nicht, dass du dir noch was von ihrem Gift einfängst…“

Da halte ich inne – *bestimmt hat er recht. Außerdem ist es vielleicht auch keine gute Idee, eine Überdosis von Adrik in Form seines Blutes zu konsumieren, wer weiß, wie sein Blut auf mich wirkt…* Also befeuchte ich wieder meinen Finger mit meinem Speichel und streiche vorsichtig an seiner Wunde entlang. Adrik stöhnt genüsslich und ich beobachte, wie die Wunde sich schließt. Vorsichtig behandle ich auch den Rest des langen, tiefen Schnitts auf seinem Rücken, worauf Adriks Wunde fast augenblicklich vollkommen verheilt.

„Kayleigh, ich liebe dich…", flüstert er. Seine Wunde ist verschwunden, nur das Blut ist noch zu sehen. Er wirkt jetzt sanft, so wie ich ihn von früher kenne.

„Adrik, *wir müssen hier raus!*"

Sofort nickt er. „Ich hole die Schlüssel!" Mit diesen Worten verwandelt er sich. Dann schiebt er sich durch die Käfigstäbe. *Ja, abgesehen von der Kette an meinem Fuß, die mich dazu verdammt, hier auf ihn zu warten, passe ich leider als Mensch nicht durch die Gitterstäbe, sonst könnte ich jetzt mit ihm fliehen… Wollen wir hoffen, dass er vor dieser Diana zurückkommt, denn ich hab keine Chance, mich zu wehren.*

Matt liege ich in meiner Ecke unter dem Tuch. Ernest ist nicht zurückgekommen, aber Adrik auch nicht. In der Dunkelheit der Höhle scheint es weder Raum noch Zeit zu geben, *ich fühle mich wie in einem dimensionslosen, schwarzen Loch, in dem ich auf meine Hinrichtung warte.*

Ich habe keine Ahnung, wie lange Adrik schon fort ist, doch eine Stunde ist es bestimmt bald, was heißt, dass gleich dirty Diana hier aufkreuzen wird – womöglich mit dem nächsten Wolf an der Leine. Ach Mist, was soll ich bloß machen…

„Pssst! *Kayleigh!*" Ein Flüstern, ein Klappern.

Ich will aufspringen, doch die Kette hält mich. In der Dunkelheit sehe ich nackte Haut, Muskeln, ich höre den Schlüssel sich drehen und rieche… *meinen Wolf.*

„Shay!" , stoße ich schniefend hervor.

Shay gibt mir nur einen raschen Kuss auf die Stirn. *Er ist im Kriegsmodus, das kann ich riechen: effizient, hoch konzentriert, zielorientiert.* Keine Zeit für Zärtlichkeiten, *nur für meine Rettung.* „Wir haben nicht mehr viel Zeit!“, zischt er mir lediglich zu. Von seinem Hals nimmt er eine kleine Phiole an einem Lederband ab und entkorkt sie. „Trink das! Damit kannst du dich wieder verwandeln. Wir haben sonst keine Chance, dich lebend hier rauszubringen – du wärst zu langsam.“ Ich gehorche ihm sofort.

„Aber woher… weißt du…“, sage ich, nachdem ich den Trank geschluckt habe. Es war ein blau leuchtendes Elixier, das etwas säuerlich schmeckte. Sofort fühle ich die Wirkung, *als ob ich stärker werde und wieder ich selbst.*

„Nicht jetzt.“ Mit einem kräftigen Ruck reißt Shay meine Kette aus der Wand. Ich starre ihn an. *Dass er auch unverwandelt stark ist, das wusste ich schon, aber das…?*

„Ich hatte *auch* einen kleinen Trunk für diese Operation.“ Er zwinkert mir zu. „Los, verwandle dich, schnell!“

Diesmal gelingt es mir sofort, mich zu verwandeln. Meine Pfote ist schmaler als mein Knöchel, sodass ich sie aus dem Ring der abgerissenen Kette einfach herausziehen kann, anstatt die Kette mitschleifen zu müssen.

Nun verwandelt sich auch Shay. Gemeinsam huschen wir aus meinem Käfig. Ich will Shay so vieles fragen, doch er blockt meine Gedanken ab. Er antwortet mir nur gedanklich, *dass es Adrik gut geht.* Dann renne ich hinter ihm, auf verschlungenen Pfaden über blutige Wolfkörper springend, aus der Höhle.

Sobald wir aus einer Öffnung in der Felswand in den Laubwald laufen, blendet mich die Sonne. Die Waldvögel zwitschern. Meine Lungen füllen sich mit der frischen Sommerluft und *ich bin glücklich, am Leben zu sein, in Sicherheit und bei dem Wolf, den ich liebe – trotz allem und obwohl er mir einige Erklärungen schuldet und ich auch nicht weiß, ob ich ihm verzeihen kann.*

Als ich Shay weiter nachrenne, kommen wir zu seinem Jeep, der an einem Feldweg im Schutz der Bäume im

Schatten parkt. Er verwandelt sich zurück und holt den Schlüssel unter einem Stein hervor. So öffnet er den Jeep, um mir Kleidung von mir samt Unterwäsche zuzuwerfen, er selbst schlüpft nur rasch in eine Jogginghose. Während ich mich noch anziehe, wischt er sich das Gesicht von den Blutresten sauber, die noch daran klebten. Er entfernt auch die dunkle Farbe, die er wohl zur Tarnung aufgetragen hat. Kaum ist er fertig, kommt er zu mir um den Jeep herum, langsam raubtierhaft – ich kann deutlich sein Adrenalin spüren. Er bleibt vor mir stehen, um mich mit seinem starken Körper gegen den Jeep zu drücken, dabei fühle ich seine Erektion. „Ich… bin eigentlich noch sauer mit dir…“, murmle ich.

Er nickt. „Ich weiß.“

Als ich nichts erwidere, sagt er: „Ein Kuss?“

Da umarme ich ihn mit einem kleinen Nicken.

Ja, den Kuss will ich – allerdings.

Dann beugt er sich vor, um mich zu küssen. Obwohl ich noch wütend auf ihn bin, genieße ich seinen Kuss unendlich. Seine Zunge in meinem Mund gibt mir ein Gefühl von Sicherheit und Heilung. Doch als sich unsere Lippen voneinander lösen, hustet er.

„Wow, du schmeckst nach diesem Adrik. Der Typ ist Gift für mich. Ich mag ihn ja, aber… Er schwächt mich.“ Nach einem Grinsen fährt er fort: „Ich muss dich von dem Gift befreien, Kleine, du brauchst meine Medizin…“

„Hast du Adrik gerade getroffen? Ist er noch in der Höhle?“ *Ich mache mir große Sorgen um Adrik.*

„Nein, Kleine, keine Sorge, ihm geht es gut. Ich hab ihn gesehen. Ich erzähl dir alles in Ruhe, versprochen.“

Shays Zunge vereinnahmt meinen Mund, während seine Hand meinen Unterkiefer umspannt. Mein Körper verliert die Kontrolle vor Gier nach ihm, wenn er mich so besitzergreifend anfasst. *Ich will ihn in mir spüren…*

Doch plötzlich lässt das ohrenbetäubende Geräusch einer Explosion mich zusammenzucken. Um uns herum fliegen Vögel in den Himmel. Ich sehe auch Rauch über der Höhle aufsteigen. Shay grinst nur wieder unbeeindruckt. Er hat nicht einmal mit der Wimper gezuckt.

„Lass uns hier abhauen“, sagt er nur.

„Was war das?“, frage ich, sobald wir im Jeep sitzen.

„Das war Adriks Dad. Ist ein guter Mann. Hab auch von dieser Diana gehört, mit der soll nicht zu spaßen sein… die Chefin der Todeswölfe…“

Mit diesen Worten lässt er den Motor an.

Zweifelnd schaue ich ihn an.

„Waren… die ganzen Wölfe in den Gängen… *tot?*“

„Die erholen sich wieder, keine Sorge. Es ist eher schade um den Käse. Hoffe, die lagern den *Cheddar* nicht mehr in dieser hässlichen Grotte, sicher hat die Explosion alles ruiniert. Soll teuer sein das Zeug.“

Ich nehme seine Hand, um sie zu küssen.

„Geräuchert schmeckt der sicher auch ganz gut“, sage ich schwach lächelnd.

Da streicht Shay mir über den Kopf. „Du bist *unerschrocken,* Kayleigh, *das bewundere ich. Und ich liebe dich*. Von ganzem Herzen. Ich hätte nie was mit deiner Tante gemacht, das schwöre ich dir. Nur, bevor wir Stunden verlieren, um diesen ganzen Unsinn zu besprechen, gehen wir in die Garage, okay? Und ich erwarte, *dass du das abnickst.* Keine Diskussion. Ich bin echt gestresst und… ich will jetzt in dich rein, Queen.“

Ganz so leicht lasse ich meinen Wolf nicht vom

Haken: Die Sache mit Anne muss er mir sofort erklären. *Das macht er auch,* und ich muss sagen, dass die Geschichte sogar ganz lustig ist. Und da ich in seinen Kopf blicken darf, weiß ich auch, dass alles stimmt, was er mir erzählt. Sie wollte ihm nur den Fuß verarzten, nachdem sie ihn zufällig im Wald getroffen hatte. Offensichtlich hatte Adrik mich mit seinen *Stem-Wolf*-Viren infiziert und Shay hat sich bei mir angesteckt, deshalb war er wohl geschwächt, denn wenn ich an seinen Sturz auf dem Trampolin denke, hätte ich nicht gerade gedacht, dass er sich den Knöchel vertritt. So hingegen ergibt die Geschichte Sinn und ich kenne ja auch Anne gut genug, um zu wissen, dass sie sich gerne um Leute kümmert und dass… na ja, dass sie gerne Sex hat. *Die Tatsache, dass Shay nackt unterwegs war… erscheint mir zweifellos logischer, als es ihr vorgekommen sein mag.* Aber wenn man ehrlich ist, hatte Anne kaum eine Wahl – Shay ist der heißester Kerl weit und breit, wer kann ihm schon widerstehen? *Nein* hätte sie zu Shay wohl nur gesagt, wenn sie gewusst hätte, dass ich mit ihm ausgehe. Allerdings verstehe ich auch, dass Shay Anne nicht sofort beichten wollte, dass er mit mir schläft.

Ich habe noch viele Fragen an Shay, möchte meine Ängste mit ihm teilen, ihm von Adrik und der Werwolf-Diva erzählen. Aber stattdessen verbinden wir unsere Gedanken, sodass ich ruhig werde und mich entspanne.

Shay hat alles geregelt, alles geklärt. Ich brauche mich nicht zu fürchten, denn er ist mein Alpha, mein Beschützer und mein Gefährte. Und das zeigt er mir jetzt auch mit seinem Körper. Unsere Verbindung ist tief, perfekt und ohne Einschränkungen. Während er in mich eindringt, spüre ich genau, dass wir eins werden, dass unsere Liebe andauern wird, solange die Sterne am Himmel stehen und er mich immer lieben wird, egal, was ich tue. Er wird immer zu mir stehen, mich retten und bei mir sein. *Und ich liebe ihn.*

Niemals wieder werde ich daran zweifeln. Jetzt verstehe ich auch endlich, warum er mich immer *Queen* nennt: Er ist mein Ritter und er betet mich an. Ich regiere sein Leben und von jetzt an sehe ich ihn auch als den Mittelpunkt *meines* Lebens an. *Ich bekenne mich zu ihm – für immer.*

Sein nackter, warmer Körper liegt auf mir, Haut an Haut. Ich halte mich an seinen muskulösen Armen fest, während er mir einen sanften Kuss nach dem anderen auf die Wange gibt, dann atmet er meinen Geruch tief ein und flüstert: „Ich liebe dich Kayleigh."

Ich schließe meine Arme fest um seinen Rücken, um ihn noch dichter an mir zu spüren. Niemals zuvor hat er mich so zärtlich geliebt wie jetzt.

„Ich liebe dich auch Shay, wie verrückt."

Nach einer kurzen Pause flüstert er: „Sind wir denn jetzt zusammen…? Ich meine, *so richtig?"*

Zärtlich reibe ich meine Wange an seiner, als ich sage: „Ja, Shay, das sind wir. Solange die Sterne am Himmel stehen."

Bis zum Neumond...

Dieses Kapitel ist das letzte Kapitel aus Kayleighs Sicht und das vorletzte Kapitel dieses Romans, denn das letzte Wort wird Shay überlassen sein – fest steht aber: **Die Geschichte der beiden verliebten Werwölfe Kayleigh und Shay, die um ihre Liebe, ihre Sicherheit und eine gemeinsame Zukunft kämpfen, ist sehr viel gelesen worden, wofür wir uns an dieser Stelle noch einmal bei unseren Leser*innen herzlich bedanken!** Ursprünglich hatten wir nicht fest geplant, diesem Band einen zweiten folgen zu lassen, haben nun allerdings beschlossen, genau das zu tun! Also: **Das Abenteuer von Shay und Kayleigh geht auch im Jahr 2023 weiter!** Und wieder werden unsere Liebenden Probleme zu überwinden haben: Kayleigh will in London studieren, doch Shay kann sich aufgrund seiner Verfolger dort nicht blicken lassen – außerdem gibt es nun mit Adrik einen weiteren Werwolf im Team… Und wie wird Layla es aufnehmen, dass Adrik sich nun in Kayleigh verliebt hat?

Wie eingangs versprochen, haben wir uns mit dem Element „Horror“ etwas zurückgehalten – dieses Kapitel wie auch das folgende hätten wir wesentlich extremer gestalten können. Daher freuen wir uns ganz besonders bei den beiden finalen Kapiteln des Monats Dezember 2022, zu erfahren, ob dir diese Kapitel gefallen haben! Wir sind besonders glücklich über eine positive Bewertung auf Amazon, freuen und aber über jedes konstruktive und höfliche Feedback! **Wir schreiben diese Story für euch** und berücksichtigen auch gerne Leserwünsche, also hinterlasst bitte zahlreiche Anregungen und konstruktive

Kritik für uns, damit euch das nächste Buch vielleicht noch besser gefällt! Was denkt ihr: zu viel Sex? Oder gar zu wenig? Zu wenig Mystery oder zu wenig Horror? Wir sind ganz Ohr!!

Außerdem lösen wir natürlich auch unser gegebenes Versprechen ein: Am Ende des Jahres 2022 und zu Beginn des neuen Jahres werden drei Sammelbände dieses Romans als E-Books und Taschenbücher erhältlich sein. Der Hauptroman wird heißen: **The Werewolf Diaries Buch I: Blutmond Kuss – Kayleigh & Shay**, mit allen 16 Kapiteln. Außerdem werden die beiden Perspektiven von Shay und Kayleigh auch als separate Bücher mit jeweils nur acht Kapiteln erhältlich sein, für diejenigen, die lieber nur eine der beiden Perspektiven lesen möchten.

Vielen Dank für das Lesen unserer Bücher und hoffentlich bis bald bei der nächsten Geschichte oder beim nächsten Kapitel dieses Romans.

❤ Corinna & Alicia ❤

Das nächste und letzte Kapitel von *Buch I* erscheint am

nächsten Neumond:

dem 23. Dezember 2022!

Es erzählt die Geschichte weiter aus der Sicht von Shay…

P.S. Über die Weihnachtsfeiertage und zu Neujahr werden wir verschiedene Gratisaktionen unserer Bücher für unsere lieben Leser*innen starten, folgt uns bei Interesse einfach auf Amazon oder haltet danach die Augen offen. 😊

Lust auf mehr?

♥ *Liebe in turbulenten Zeiten und gegen alle Regeln…* ♥

Zwei dunkle, historische Wikinger Sexromanzen

Diese historischen Sexnovellen spielen in der Bretagne im 10. Jahrhundert nach Christus. Es ist eine Zeit großer Umbrüche, in der Invasoren aus dem Norden Land besetzen und Forderungen stellen. So auch Erik und sein Bruder Tjure, die mit ihren Drachenschiffen an der *Côtes-d'Armor* anlegen. Doch die beiden Kriegsherren sind zwei Männer, wie sie unterschiedlicher nicht sein könnten: Erik auf der Suche nach einer besseren Zukunft und fruchtbarem Land für sein Gefolge und Tjure mit dem Ziel, schnell reich und mächtig zu werden. Als die Wikinger die Tochter aus einem nahegelegenen Herzogtum als Blutpfand mitnehmen, um sich Sicherheit für ihre Leute zu erpressen, weiß Erik, dass die Zukunft seiner Gefolgschaft von der Unversehrtheit des Mädchens abhängt, falls sie tatsächlich vor Ort ansässig werden wollen. Sein Bruder hingegen sieht die Tochter des Herrschers nur als Sklavin und hat von Anfang an nicht vor, sie als Gast zu behandeln. Die Prophezeiung einer Druidin der Sippe bestätigt bald das Offensichtliche: Erik muss sich entscheiden, ob er seinem Herzen folgt und das Mädchen beschützt , auch wenn er sich dazu gegen seinen Bruder und dessen Krieger wenden muss und die Leben seiner Leute riskiert…

Und für alle, die einfach kurzweilige Sexgeschichten lesen wollen…

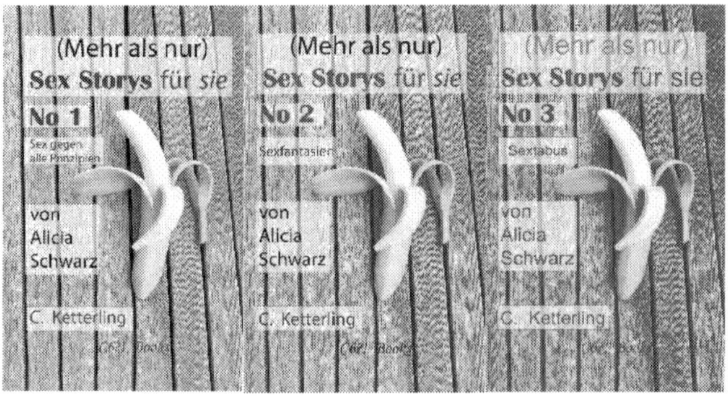

Obsession Berlin: Bad Boss Behaviour

♥ Jetzt Obsession Teil 1 und 2 im Sammelband!
Diese Titel sind auch als Taschenbücher erhältlich:
„Obsession Teil 1: (un)heimlich verliebt" und
„Obsession Teil 2: noch verliebt(er)". ♥

Im pulsierenden Berlin beginnt für *Anima* ein neuer Lebensabschnitt: Sie hat ihr Studium gemeistert und eine Assistentenstelle bei einem der angesehensten IT-Konzerne der Welt ergattert. *Bämm!* Doch die Arbeit für Jungunternehmer *Nickolas Stein* stellt sie auf harte Bewährungsproben, denn er verlangt ihr beruflich alles ab. Daher holt sie sich weibliche Verstärkung ins Team, indem sie die selbstbewusste *Alicia* einstellt, die mit Nicks herrischer Art besser zurechtzukommen scheint. Auch wenn die Arbeit für Nick Stress bedeutet, ist Anima fest entschlossen, sich nicht unterkriegen zu lassen. Würden sie nur nicht langsam die dunklen Geheimnisse ihrer Vergangenheit einholen und sie immer mehr beherrschen.

Doch vor allem: Obwohl Nick Animas heimliches Idol ist, benimmt er sich derart unausstehlich, dass sie einen richtigen Hass auf ihn entwickelt. Und von Hass zu Liebe ist es manchmal nur ein kleiner Schritt…

☆ Hinweis: Die vielen, teils heftigen, expliziten Sexbeschreibungen dieser Romanreihe können mit Hilfe von Zusammenfassungen übersprungen werden. ☆

Dieser Genremix aus Gesellschaftsroman, Psychologie- und Liebesroman der Kategorie NEW ADULT widmet sich den Geschlechterrollenthematiken unserer Zeit samt ihrer Dilemmata. Die Geschichte von Anima, die nach der Uni ihre ersten Erfahrungen im Arbeitsleben macht, wo sie sich in der IT-Männerwelt behaupten muss, ist an Aktualität kaum zu überbieten: Dominanz & Submission, Machtpositionen, BDSM-Sex und natürlich die Suche nach Glück, Zweisamkeit und der großen Liebe, vor allem, wenn man es am wenigsten erwartet…

Triggerwarnung: Die in ihrer Kindheit traumatisierten Protagonisten versuchen ihr Glück in der Liebe zu finden – oft stoßen sie dabei an ihre Grenzen. Die aus psychologischer Sicht adressierten Themen dieser Romanreihe enthalten diverse Trigger, unter anderem: Beschreibungen von Missbrauch, BDSM- und *rough Sex*-Praktiken, Rape Game, Drogen- und Alkoholmissbrauch, Selbstverletzung und Selbstmordgedanken, Verlust eines Babys.

Hunger. Loving The Bad Boys

♥ Prequel zu Obsession: Autobiografische Erzählung von Alicia Schwarz Teil 1-4 im Sammelband. ♥
(Einzelbände auch als Taschenbücher: „Mein freier Fall", „Mein Drachenflug", „Meine Sucht nach ihm", „Meine sieben Todsünden")

Ganz allein in Paris, der Stadt der Liebe… triffst du den Mann deiner Träume. Es ist deine erste große Liebe. Du bist jung und bereit, alles für ihn zu tun…Wie weit wirst du gehen?

Eine Liebe, die sich tief unter die Haut brennt...
Mit Herz und Seele verfällt die unerfahrene Alicia dem Charme eines zehn Jahre älteren Franzosen, der Gefühle aus unzubändigender Liebe in ihr entfacht, als er sie in eine ihr unbekannte Welt aus Submission und Dominanz einführt. Denn der Mann, der Alicia bald mehr bedeutet als ihr Leben, liebt sie aufrichtig, ist jedoch so leidenschaftlich wie besitzergreifend...

♥ **Triggerwarnung & Spoiler:** Die Romanserie „Hunger" ist nichts für schwache Nerven und brave Mädchen! Auch besonders sensible Menschen sollten lieber etwas anderes lesen. **Besondere Trigger:** Machtmissbrauch, mutmaßlicher und tatsächlicher sexueller Missbrauch, Grenzüberschreitungen, BDSM-Sex, Prostitution, sexuelle Erziehung zur Sexsklavin, emotionale Abhängigkeit, erster Liebeskummer, enttäuschte Liebe, Ausnutzung einer Zwangslage, Rape Game, Sex zwischen einer 16-Jährigen und einem 26-Jährigen (rechtlich gab es in Frankreich damals kein Schutzalter, in Deutschland liegt das Schutzalter für einvernehmlichen Sex bei 16 Jahren).
Bitte nur lesen, wenn diese Themen nicht problematisch für dich sind – dieser Roman ist fiktiv. ♥

Auszug aus „Mein freier Fall“ (Teil 1 des Sammelbandes) – Kapitel 42: Bedanken

(Bitte nur nach Lesen der Triggerwarnung lesen)

Nach einer ganzen Weile – es waren sicherlich zehn Minuten, man kann wirklich nicht sagen, er habe mir nicht die Chance gegeben, mich zu entscheiden und noch einmal darüber nachzudenken – kam er langsam zu mir zurück. Ich lag immer noch auf dem Boden. Er sah von oben auf mich herab, sagte, ich würde frieren und ich solle zurück auf das Fell gehen, was ich auch tat, denn er hatte recht – ich fror. Er sah mich an, sehr intensiv, fast zärtlich, dann sagte er, *für einen Menschen wie mich, würde es extrem hart werden, doch es sei genau das, was ich brauche, wonach ich mich zutiefst sehne. Aber seine Schule sei wirklich hart, was Martin mit mir gemacht habe, sei dagegen ein Witz.*

Ich muss verstört ausgesehen haben.

Alles, was er sagte, verwirrte mich. Es schien mir keinerlei Sinn zu ergeben. Ich zitterte leicht vor Müdigkeit und Kälte, während er langsam neben mir in die Knie ging. Er sagte mir, ich solle meine Beine öffnen, doch ich sah ihn nur an – mit dem gleichen motzigen Blick wie bei meinem Fotoshooting, wie ich unterschwellig bemerkte.

Er legte sich zu mir auf das Fell und begann unendlich zärtlich meine Oberschenkel zu küssen. Vorsichtig ließ er seine Zunge daran entlangfahren, dabei drückte er sanft meine Beine auseinander, bis er sachte meine intimste Stelle mit seiner Zungenspitze berührte. Als ich nur leise seufzte, drückte er ganz langsam seine Zunge auf meinem Kitzler und fing an, mich dort mit der Zunge zu streicheln. Doch anstatt ihm *Nein* zu sagen oder mich ihm wenigstens zu entziehen, tat ich *gar nichts.*

Ich lag mit geschlossenen Augen da, ließ ihn gewähren

– ich *genoss* es sogar, obwohl ich wusste, *dass ich es nicht tun sollte.* Ich war wie gelähmt.

Dabei dachte ich, Martin sei so *supersensibel* gewesen – ich denke auch heute, dass er das tatsächlich war. Doch Philippe war nicht nur sensibel, er war *intuitiv*. Es schien, er nähme jede Schwingung meines Körpers auf, jede kleinste Reaktion, als verarbeite er sie zu der passenden Aktion für den jeweiligen Moment. Er wusste immer, was ich brauchte, mindestens kurz bevor ich es selbst hätte sagen können. Und nach allem, was ich heute als erwachsene Frau über Sex weiß, würde ich sagen, dass ein Hauptproblem der Männer ist, dass sie nicht damit klarkommen, dass Frauen sexuell gesehen so volatil sind.

Dass etwas, was an einem Tag gefällt am nächsten Tag auf völlige Ablehnung stoßen kann, weil wir eben hormongesteuert sind und nicht umsonst heißt es Zyklus – doch ich schweife schon wieder ab.

Philippe jedenfalls war wie ein Analytiker. Er wusste immer, was zu tun war, *was mir fehlte.* Ich glaube, genau das ist die Basis für sexuelle Abhängigkeit – es war wie verhext, er hatte mich von Anfang an völlig im Griff. Ich konnte nichts, aber auch gar nichts dagegen tun.

Ich spürte, wie seine Zunge in mich eindrang, dann seine Finger, jedoch wesentlich zärtlicher, viel langsamer als Martin es für gewöhnlich tat. Ganz sachte, sodass ich mich ihm bald entgegendrückte, doch plötzlich zog er sich zurück. Er kam dicht neben mich, um mich zu streicheln, dabei sah er mich an. Leise sagte er, *er würde mich jetzt küssen und er wünsche, nicht gebissen zu werden.*

Ich nickte nur schnell. Sein Kuss und auch seine Zunge in meinem Mund waren so viel langsamer als Martins, bedächtiger, zärtlicher, fast schüchtern und hinterließen nur eine Spur des Feuers in mir.

Er streichelte mir ganz langsam über den Kopf, dann

sagte er, dass *ich unendlich gut rieche und auch schmecke* und *dass ich wunderschön* sei, woraufhin ich ihn umarmte, ihn drückte und seinen Hals küsste. Zum ersten Mal nahm ich bewusst seinen Geruch und Geschmack auf. Er erschien mir wie ein Aphrodisiakum. Er drückte mich so fest an sich, dass ich kaum Luft bekam. Zärtlich flüsterte er, *dass er sich so in mich verliebt habe, dass er mich begehre, dass er Liebe mit mir machen wolle, dass es jedoch nicht der richtige Moment sei und dass er nun zu Bett gehen würde.* Er lächelte, streichelte meine Wange und stand dann auf.

Kaum hatte Philippe sich erhoben, fühlte ich diese irrsinnige Kälte, diese Einsamkeit, die ich jedes Mal gespürt hatte, wenn mein erster Freund gegangen war – einfach, weil er mich nicht genug geliebt hatte – nicht *so wie ich ihn*. Weil er offenbar gar nicht gewusst hatte, wie sich derart intensive Gefühle überhaupt anfühlen.

Als ich sah, wie Philippe sich von mir abwandte, und mich dort auf dem Boden zurückließ, hatte ich plötzlich das Gefühl, meine Seele würde vor Verzweiflung brüllen. Ich merkte an der Anteilnahme in Philippes Gesicht, als er noch einmal zu mir zurückblickte, dass ich sehr verstört aussehen musste. Da hielt er mir die Hand entgegen und zog mich hoch. Er sah mich an, runzelte die Stirn, und sagte dann leise die Worte *oder willst du, dass ich bleibe.* Ich flüsterte *Ja.* Und er flüsterte die Worte *oui, mon cher Monsieur* zurück, die ich sofort wiederholte. Dicht an meinem Hals sagte er, wenn er bliebe, würde ich *heute lernen, seinen Schwanz zu nehmen, ohne Pardon,* und er sei größer als der von Martin, wenn er jedoch anfangen würde, *mich zu ficken,* würde er es *nicht unterbrechen,* auch wenn ich *vor Schmerzen wimmern* und ihn *bitten würde aufzuhören.* Er würde *nicht unterbrechen, bis er seinen Samen in mich gespritzt* habe. *Das Einzige, was er mir gestatten* würde, sei *mich bei ihm zu bedanken.* ♥♥♥ *Und so weiter…* ♥♥♥

Printed in Poland
by Amazon Fulfillment
Poland Sp. z o.o., Wrocław

24488572R00027